KB037527

그냥 언제까지 기쁘자 우리

그냥 언제까지 기쁘자 우리

박지용 시집

디자인이음

작가의 말

혼돈만이 유일한 불변의 단어라는 사실을
우리는 모두 알고 있다
그래서 나는 오늘도 당신에게 손을 내민다

2022년 4월
박지용

1부

사랑에서는 사랑이 가장 중요한 것처럼

2부

행복의 나라로 가는 버스

3부

제5세계

4부

결국 모든 게 0으로 수렴한다 해도

서문
- 출항

존재해본 적 없던 약속이 하나씩 늘어난다

미래가 생겨나는 것은
과거를 잊는 일만큼이나 짜릿해
공허함은 이제 남의 것이 되는 기분

거울에는 언제나 당신과 내가 함께 있어
나는 더 지칠 틈이 없다

다짐으로 만들어지는 기쁨 말고
내일의 어둠도 오늘의 것이 되는 기쁨
공백이 맞잡은 손에 들어와 하나의 자리가 되는 기적

서로의 복을 바라는 마음으로 행해지는 노래는
꺼지지 않는 불이 되어
열기구는 속도를 올린다

땅에서 멀어지는 일은 언제까지고 두려운 것이겠지만
우리의 장난은 멈출 줄 몰라 걱정은 틈 없이 타오른다

계절이 변한다 해도 별은 오른쪽 눈 밑과
마주한 눈동자에 남아
방향은 가득한 눈빛만으로 충분해

당신과 함께하는 항해라면
행복에 가까운 사람이 될 수 있을 것만 같다

1부
사랑에서는
사랑이
가장
중요한
것처럼

우리의 다짐은

그냥 언제까지 기쁘자 우리

슬픈 이야기는 하지 말자
너무 슬퍼지니까

모든 구슬에는 언제나 틈이 있어
오래 만지다 보면 깨져버리기 마련이야

좋은 글이 담긴 책에도
책벌레는 생긴다고

이건 슬픈 이야기가 아니야
기쁜 이야기인지는 조금 더 해봐야 알 것 같지만

강은 바다로 흘러야지
그렇지 않으면 나무는 살아남지 못할 거야

하지만 거스를 수 없는 것 앞이라도
뒤를 보이지는 말자

이제 눈을 감아
우리는 그곳으로 갈 거야

손을 놓지 않을 거야
그냥 언제까지 기쁘자 우리

우주의 근원

빨간색은
존재하지 않아요

파란색도
마찬가지입니다

어떤
색만이 존재하지요

어떤
점들로 스펙트럼이 이루어질 뿐입니다

그래서 우리는 같은 것이 될 수 없지만
같은 결일 수는 있어요
같은 축에 설 수 있습니다

바라보는 일이 이어지면
어쩌면
언젠가
같은 곳에 다다라있을지는 모르겠어요
그럴 수 있기를 바랍니다

아득하게 먼 일이겠지만

팔레트에서는 이미 우주가 만들어지고 있어요
그것은 계속 팽창되어
전부가 될 것입니다

가능하지 않다는 모든 것이 가능할 것입니다

세수하는 시시포스*

진실하지 못한 자의 거울에는 진실이 투영되지 않는다
는 사실은 그의 표정에 모두 다 드러나고
어딘가 일그러진 부분을 찾는다면 바로
당신도 거짓말쟁이

두려워 마라
그렇다 해도 돌이킬 수 없는 것은 아니니
거울을 깨부술 용기만 있다면

다만 주먹에 피가 묻는 것을 피할 수는 없다
얻는 것이 있으면 잃는 것도 있음은
거울 앞에 선 자의 숙명

운명을 피하고 싶었다면
애초에 거울 앞에 서지 말았어야 한다

그러나 욕실에는 언제나 거울이 있고
생존을 택한 순간 배설은 계속된다

그럼에도 용기 있게 거울을 깬 자여
미안하지만 거울이 사라지는 일은 없다

그래도 깨진 거울은 더 많은 곳을 비추니

이제 더 많은 것을 보라

*이 사나이가 무거운, 그러나 흐트러지지 않은 발걸음으로 언제 끝이 나게 될지 그 자신으로서는 전혀 알 수 없는 형벌을 향해 또다시 내려가는 것을 나는 눈앞에 떠올려본다. 그가 산꼭대기를 떠나 신들의 동굴 쪽으로 조금씩 내려가는 이 순간, 그 모든 순간에 있어 그는 자기의 운명을 초월하고 있다. 그는 그를 괴롭히는 저 바위보다도 강한 것이다.
- 알베르 카뮈 『시지프의 신화』, 홍신문화사, 1993.

오 라 라

테이블 위로 소설 한 편이 쓰인다
주인공들은 커피와 칵테일을 마시고 있다
이국의 재즈와 팝이 흐르고
가게 주인은 이어폰을 낀 채 귤을 매만진다
깨진 거울에 비치는 서로의 얼굴은
파편이자 무한의 확장성을 갖고
눈빛이 이어져 있으니 불가능은 가능한 일이 된다
카페인과 알코올은 반대의 것이지만
마음 앞에서는 같은 것이 된다
각자의 상상으로 채워진 공간은
이곳이었다가 그곳이었다가 저곳이 된다
모든 곳이 된다
테이블에 붙어 있는 자석이
테이블보를 꽉 붙잡는 만큼의 밀도가
생각들 사이로 스며든다
이 장면은 언어로 되어있지만
마음 앞에서 언어는 결국 버려져야 해
완성될 수 없는 것과
완성되어 존재하지 않는 것 사이에서 눈물은 차오르고
카페에는 비가 내린다
커피잔과 칵테일잔에는 모두 빗물이 채워져
결국 이렇게 같은 것이 되었다
걷잡을 수 없는 빗속에서 우리는 눈을 감기로 한다

순간 이곳은 모든 곳이 되고
볼륨이 커진다

오 라 라
오 라 라

춤을 추자

오 라 라
오 라 라

노래를 부르자

오 라 라
오!

행성의 기분

밤이 그리워 머리맡을 더듬습니다
공허는 그리운 마음을 그립게 합니다

그 생각을 베고 누우면
나는 여전히 나를 애처롭게 바라봅니다

떠난 것들이 떠나지 못한 상태로
주위를 맴돕니다

언젠가 본 행성의 기분입니다

궤도를 벗어나지 못하는 것은
궤도를 이탈하여 끝없이 홀로 멀어지는 것
만큼이나 외로운 일입니다

눈을 감고 눈을 감는 일을 생각합니다
발을 딛고도 허우적거리는 일상이
공중에서 떠다닙니다

거꾸로 매달려 피가 빠르게 순환하기를 기다립니다
어쩌면 이게 정상인 일일지도 모른다는 생각이 듭니다

옆을 지키던 이가 떠나갑니다

그를 바라보는 일로 바뀌는 것은 무엇일까요
바라보기만 하는 건 역시
바라보지 않는 것만 못한 일일 텐데요

(그래도 바라봅니다
떠난 그와
떠나지 못한 내가
모두 안녕하기를)

상처의 모순

1. 슥

세계가 분리된다

2. 스 – 윽

균열 사이로 차오르는 욕망들
태초부터 중간이라는 것은 존재하지 않았다
모든 것에 기울기가 있는 것처럼
그래서 당신은 어느 쪽인가

3. 스 – 으 – 윽

오해의 발원
흐르던 것도 밖으로 나오면 굳어버린다
시간이 채도를 앗아가는 것은 자연의 섭리
위안이라면 병들지 않는 한 틈은 회복된다는 것
죽음으로 수렴해도 아직은 삶이라는 것
그러나 탁해지는 것과 흐려지는 것은 명백히 다르다

4. 스 - 으 - 으 - 욱

갈라진 틈이 채워지고 세계는 다시 격돌한다

영원의 선물로 구멍 뚫린 안대를 드립니다

내 앞에서 당신의 어둠을 이야기하지 마세요
나의 어둠은 언제나 그보다 더 어두울 테니

공간을 나누지 않는 일은 폭력입니다
우리는 적어도 각자의 몸을 굴릴 최소한의 면적을 보장받아
마땅해요
동의하지 않으신다면 당신은 모든 것이 보이는 곳으로 떨어
지고 말 겁니다
안심하지 마세요 동의하신다고 해도 크게 달라지는 것은 없
습니다
무언의 동의는 가중처벌될 가능성이 높습니다

절망은 위로보다 절망으로 위로된다
는 말로 돈을 벌어먹은 사람
은 분명 절망 속에서 절망할 거예요
그것만은 확신할 수 있습니다

눈을 감으면
모든 일이 조금 수월해진다는 것에 동의합니다
눈을 뜨면
모든 일이 절망으로 수렴함을 알게 된다는 것에도 동의합니
다
그렇다고 눈을 감고 살까요

지금 영화관에서는 피가 난무하는 장면이 신나게 상영되고
있을 텐데요
그것은 역시 코미디에 불과하겠지만

그래도 당신과 나는
보이는 것 앞에서 삽시다

한 가지 조건은
어둠과 어둠이 만나면 더 짙은 어둠이 된다는 걸 잊지 말 것

그것만 약속해주신다면 당신에게 어둠이 드리울 때
안대를 내어드릴 수 있습니다
안타깝게도 구멍이 두 개 뚫린 안대일 테지만
손을 잡고 그것을 비밀로만 한다면 문제가 되지 않을 거예
요

그럼 다시 손을 잡고 약속합시다

보이지 않는 것을 믿는다면
사실 문제가 될 것은 아무것도 없습니다

눈을 감으면 무서운 이야기는 꿈속에서만 존재할 것입니다

위로가 될 수 없는 위로

검은 물체를 토했다
노력의 결과물이었다

위로의 단어는 입 밖으로 나올 수 없었다
물론 마음을 담을 줄 안다는 가정하에

이것을 어떻게 정의 내려야 할지 알 수 없었다
맛은 강렬하게 썼고 동시에 달았다

뭉쳐진 것들은 말했다
모두 소용없는 짓이라고

어리석기는
은 생략된 것처럼 보였다
아니 스스로 생략해버렸다
거기까지는 용납할 수 없었다

우리는 검은 것 앞에서 한없이 무력해진다
단 눈을 떴을 때

눈을 감으면
어차피 모든 것은 검게 된다

검은 선언과 동시에
그것을 다시 삼킨다

눈에서 투명한 액체가 흘러나온다
우리는 언제든 모든 것을 다시 시작할 수 있다

불나방의 숙명

불이 없어도 우리는 서로를 볼 수 있다
전달은 언제나 어둠 속에서만 이루어진다

말은 믿지 않습니다
우리의 대화는 눈을 감고서만 시작될 수 있습니다

손 끝에서 손끝으로 전해지는 것들
지문과 지문이 맞춰지는 순간들
틈이 없으면 채워질 수 없듯

나는 아무것도 알지 못하지만
나는 조금 압니다
당신은 당연히 모릅니다
그러니 손을 잡읍시다
괜찮다면 끝까지 만져도 괜찮습니다
불은 켜지 않을 것입니다
대화가 끝날 때쯤이면
우리는 모퉁이를 돌아있을 것입니다
어차피 빛이 있을 것입니다
다만 그 순간 우리는 선택할 수 있어야 합니다

빛이 될 것인가
빛을 향할 것인가

사랑에서는 사랑이 가장 중요한 것처럼

어떤 소망은 사라지는 것

가능한 늦게
그러나 반드시 먼저

눈으로는 내려줘
그럼 겨울을 기다리는 일로
살아갈 수 있으니까

운명의 말을 빌려
선을 긋자면
교차점은 두 번일 거야

처음은 우연이라 치더라도
다음은 의지의 문제가 돼
결국 우리는 우리가 될 테니까

과거와 과거가 충돌하는 지점에서
현재는 온전해질 거야
사실 이해는 필요 없지
우리에게는 우리가 있을 뿐이니까

사랑에서는 사랑이 가장 중요한 것처럼

2부
행복의
나라로
가는
버스

신의 법칙 1

태초에 인간은 하나였다
조각은 원형의 보존을 위한 수단

모두
회귀할 뿐이다

조각을 훼손한 이는 벌을 받을 것이다
당연한 이치다

선
하라고 한 적은 없다

다만

악
하지는 말라

신의 법칙 제1의 조항

선을 넘는 것은 반드시 파멸한다.

자음 1

ㄱ

돌아가는 것과 뒤를 도는 것
두 가지 선택지 앞에서 당신은 어느 길을 택할 것인가

단, 뒤돌아간다 해도 돌아가지 않는 길로 가라는 보장은 없
다
그 또한 돌아가는 일이니
그러나 돌아가는 길은 돌아가야 함이 확실하다

다시, 당신은 어느 길을 택할 것인가

ㄴ

왼쪽으로만 기댄 탓에 척추가 왼쪽으로 휘었다
오른쪽으로 굽히는 것에 어색함을 느낄 지경이다
하지만 어느 곳에도 기대지 못하는 것보다는 낫지 않나
조용히 뒤에 등을 기대고 이 상황을 관망하던 이들이 발끈
한다
나에게 무엇도 강요하지 마세요

ㄷ

시야가 한정되면 모든 게 명료해진다
때로는 가로막힘이 추진력을 만든다

ㄹ

평화의 필요조건

연결되어 있으나 맞닿지 않은 상태
약간의 여백이 만든 여유에서 파생된 평온
손을 맞잡는 일이 오롯이 의지의 문제가 되는 것

ㅁ

인간은 자연을 거스를 수 없다
분류의 층계가 다르므로
할 수 있는 일이라곤 좀 더 튼튼한 지붕을 만드는 일뿐

ㅂ

그러나 인간은 자연을 누릴 줄 안다
그로써 층계를 넘어선다
그것이 개념의 정의다

ㅅ

잔인하지만 모든 것은 선택의 문제다
전제는 바꿀 수 없기에
잔인하지만 선택하지 않는 길은 없다
그것이 삶의 저주이자 축복이다
이제 당신은 어떤 선택을 할 것인가

ㅇ

아직 밝혀지지 않은 세포의 가장 작은 단위와
아직 밝혀지지 않은 우주의 형태
아마도 밝혀지지 않을

ㅈ

손이 닿는 곳에서 꺼낸 것은
아래를 받쳐준 이들의 땀
그것을 잊는 순간 당신은 저 멀리 아래로 떨어질 것
영영

ㅊ

필요로 모든 것을 해석한다면
모든 것은 소멸된다
그 해석마저도

존재는 그저 존재하는 것이다

ㅋ

보이지 않는 것은
보이는 모든 것을 지탱하는 힘이다

ㅌ

서로를 마주하던 이들이
나란히 앉게 될 때
사랑은 시작된다

ㅍ

빗속에서 길을 잃은 자에게
잠시 비를 피할 수 있게 할 것
문을 열어주지 않더라도 할 수 있는 일

ㅎ

따뜻함 앞에서만 안도한다면
반드시 탈이 난다

뒤집는 일은 분명 위태로운 것이나
뒤집어보면 어려운 일도 아니다

모음 1

ㅏ

언뜻 보면 갈피를 잡기 어려우나
한편에 서면 선택의 문제가 된다
모든 길은 그렇게 만들어진다

ㅑ

모든 기억은 단편적이면서 동시에 연속적이다
영화는 편집의 결과물이지만
의도에 따른 것만 편집하는 일은 불가능하다
장면은 단편적이면서 동시에 연속적이기 때문에

ㅓ

빛은 언제나 모퉁이를 돌아 있다

ㅕ

계속해서 그 빛을 모으는 이는 결국 빛이 된다
그렇게 인간의 역사는 조금 더 밝아진다

물론 소망의 문장이다

ㅗ

굳은살은 두 가지 경우에 만들어진다
고통의 합 혹은
고통과의 단절

ㅛ

마침표가 없는 것들은 쉽게 상처를 내기 마련이다
의도와 상관없이

ㅜ

나무의 이름은 열매를 기준으로 한다
그러나 꽃이 더 인상적인 나무는 꽃으로 이름이 수식되기도
한다

ㅠ

홍학은 체온을 유지하기 위해 한 발을 들어올려야 하지만
우리는 서로를 안음으로써 더 굳건한 두 다리가 된다
악수와 포옹으로 심장이 인식되듯이

ㅡ

당신이 없었던 세상과 당신이 없을 세상 사이에 있음을
더없이 감사하게 생각한다

I

그러므로 나는 존재한다

야밤의 이야기꾼

어둠이 두려운 건
틈이 있어서다

새어 나온 빛은
박쥐의 머리를 짓이긴다

틈을 타고 들어오는 것들은
스스럼없이 공간을 헤집는다

훔쳐가는 것은 없어서
결코 조심하지도 않는다

까치발 없이 들어와
딱지들을 까놓고 나간다

피는 흐르지도 못하고 고여 굳는다
적색에서 먹색으로 가는 길에
해답이 있다면
밤은 짧게 마무리될 것이다

그러나 틈은
결코 허술하지 않다

헤집어진 공간에서의 유일한 희망은
질서를 찾는 것

모든 것은 결국 질서 속에서 길을 잃어버리지만
잃어버렸다는 것은 찾을 수 있는 가능성 또한 내포하고 있
다

방향을 잃은 이야기는 스며들어
밤의 틈을 메울지도 모른다

이야기와 이야기가 엉켜
어둠이 완성될지도 모른다

그렇다면
틈과 틈 사이에서
오는 건
이야기인가 두려움인가
오히려 안심인가

그것은 대답해줄 수가 없다

행복의 나라로 가는 버스

버스가 돌아온다
후진이다
승객들은 처음 겪는 이 상황에 적잖이 당황한 듯하다

타세요
기사가 앞문을 열고 말한다

안타깝게도
내 앞에 놓인 것은 뒷문이라
타지 못하고

버스는 다시 떠난다

십 분 간격으로 버스가 왔지만
탈 수 없다
아까 그 기사분의 눈빛을 잊지 못해서

모든 코스를 돌아 다시
버스가 도착했다

타세요
기사가 이번엔 뒷문을 열고 말한다

안타깝게도
이번에 내 앞에 놓인 것은 앞문이라
타지 못 할 뻔하다
얼른 뒷문으로 달려가 계단에 발을 올리고
카드를 찍는다

잔액이 부족합니다

방금까지만 해도 온화했던 기사의 표정이 심각하다
문이 닫히고 버스가 떠났다

나는 운전을 하고
기사는 정류장에서 나를 기다린다

달라진 것이 없는 것만 같다

얼어버린 여름

태양의 문을 열고 땀으로 옷이 젖어버린 날
당신이 더위에 떨며 했던 말을 기억한다

기회는 실수를 너그러이 용납하지 않으니까
게다가 나는 매일 소멸하는 중이니까

두렵다고 할 수도 없는 일이야 삶은

올해도 여름은 그때의 여름만큼 뜨겁고
다만 우리는 한층 더 식어
더위에도 떨고만 있다

아쉬운 것은 여름이 아니라 마음
더위는 그대로다

이대로 녹는다면
아쉬움은 얼어 오래 남을 것이다

어떤 여름에 누군가를 만난다면
나는 그곳에 없었으면 해

얼어버린 여름에
더위는 여전히 차갑고

여름이 녹아도

당신은 먼 나라에 있다고 했다
그곳과 이곳은 날짜가 달라서
우리는 같은 순간에 있지만
다른 시절에 있다고
했다

당신이 먼 나라에 다녀왔다는 사실이
태어나 단 한 번도 들어본 적 없는
그러나 분명 여러 번 들었을
이상한 일이라서
나는 그만 서러워지고 만다

먼 나라에서 당신은
삶을
살아가고 있다
했다

나는 이곳에서 그 시절
화장실의 좁은 창문으로 보였던
풍경을
떠올린다

왜

나는 당신에게 화를 내었는가
당신이 삶을 살아낸다는 것이
못마땅했는가

왜
내가 이따금
여전히
삶을 잘 살아내지 못하고 있기 때문

이 말을 전하면
당신은 분명
넌 여전히 자기중심적
이라고
말할 것이다

삶
은 흘러가고
당신도 나도 나이를 먹어가는데
장면들은 멈춰
균열은 커져만 간다

당신은 먼 나라에 있지만
이곳에도 있다

그리고 이 사실을
당신만은 몰랐으면 한다

여전히 어리석은 이여, 절망은 이제 겨우 시작되었다

낮잠이 길었다
나는 꿈에서도 당신을 잃었다

견딜 수 없는 것과
견딜만한 것의 균형을 잡는 일은
선 없는 줄다리기다
누구도 승리할 수 없는

힘을 더 쓴다고 해결되는 일이 아니다
줄을 끊어 버리거나
한 편이 된다면 달라질까
그러나 그 순간 줄다리기는 성립되지 않는다

도달할 수 있는 유일한 결론은
결론을 만들지 않는 것

다른 놀이를 시작하는 것
하지만 그 놀이는 아직 세상에 없고

우리의 줄다리기는 계속 힘을 앗아간다
한쪽이 조금만 힘을 주면
양쪽 모두 지쳐 잠이 든다

낮잠이 더 길어졌다
나는 꿈에서도 당신을 잃는다

그만 나를 잃는 것이 낫다고
꿈속의 나는 생각한다

명백한 사실을 명징하다

밤은 여전히 어지럽다
아니 어지러운 건 밤 아래의 것들
어둠과 어둠을 만끽하는 것들
마음은 어둠 속에 네모로 번지고 각을 만든다
둥글려질 수 없는 것들은 서로 상처를 남긴다

명백하게

애초에 각이 다른 도형은 겹쳐질 수 없어
크기를 줄인다고 해결되는 문제였다면
세상은 이미 평화로웠을 텐데

명징한 사실이라면
아쉬움은 아무 소용이 없다는 것
후회는 후회가 될 뿐
가능성이 되기에는 가능성이 희박해
불가능한 것 역시 존재하지는 않지만

변한다는 건 어쩌면 죽음으로만 이루어질 수 있는 종류의 것
죽음을 넘어서는 마음이라면 가능할 것

역시 밤은 여전히 어지럽다

아니 밤이 아니라 다른 것이라고
역시 변한다는 건 밤을 넘어서는 것

결은 변할 수 없어

명백하게

불안

옆 동네에 불이 났다
는 소식은 불보다 빠르게 번졌다
옆옆 동네 사람들까지 나서서
불을 꺼보려 했으나
불은 옆옆옆 동네까지 번지고야 말았다
불안해진 옆옆옆옆 동네 사람들은
이게 다 처음 옆 동네의 옆 동네 사람들이 퍼트린
소문 탓이라는 주장을 하기 시작했다
정말 이상한 점은 옆 동네의 옆 동네에
불이 번졌다는 소식은 전혀 들려오지 않는다는 것이었다
극심한 불안에 빠진 옆옆옆옆 동네 사람들은
옆 동네의 옆 동네에 가
불이 번지지 않을 수 있는 방법을 물어보기로 했다
불과 불과 불을 뚫고 옆 동네의 옆 동네에 도착한 옆옆옆옆
동네 사람들은
뜻밖의 불안에 휩싸였다
그 원인은 불안이 소문 탓이 아닐지도 모른다는 점도
소문이 불로부터 비롯되었던 것이 아닐지도 모른다는 점도
불이 자신들의 동네까지 번질 수 있다는 점도
불안이 자신들의 동네까지 번질 수 있다는 점도
아니었다
타오르는 불 앞에서
그것이 저 불 안에서

비롯되었을지도 모른다는
솟구치는 불길한 예감
때문일지도 모른다는
소문이 옆옆옆옆옆 동네에
이제 막 퍼지기 시작했다

3부

제5세계

조식 뷔페

전세계 음식을 전세계인이 모여 먹는 평화와 화합의 장

802호와 803호가 한 공간에서 밥을 먹는 일

모두의 취향이 하나쯤은 있는
모두를 부지런하게 만드는 곳

달궈진 프라이팬에서 반쯤 익어 탈출한 계란후라이
를 반으로 가르고 있는 반쯤 부은 얼굴들

근데 조식 때문에 늦잠을 못 자는 건 아무래도 이상한 일이
지 않아?

근데 어떡해 이런 식이라도 이미 너무나 들뜨는 걸!

생일 축하

옛 애인의 생일이 기억나지 않는다. 비극적인 일이다. 어쩌면 모든 게 속고 속이는 싸움이다. 누가 더 잘 감춰 오래 버티는지. 보물은 찾아지지 않으면 숨긴 자의 것이 된다. 암호는 해독한 자의 것이 아니라, 해독을 의뢰한 자의 것이다. 그를 떠올리며 선물을 고른다. 예전 같았으면 좋아할 법한 것을 골라, 좋아할 법한 포장지에 좋아할 법한 리본을 묶었겠지만 지금은 그럴 필요가 없으니 단단해 보이는 나무 상자에 선물을 담아 건넨다. 당신은 틀렸다. 모순이야. 그래 나도 틀렸어. 그래서 우린 다르고, 생일인지 아닌지 모를 오늘 나는 당신에게 나를 위한 선물을 하지.

777

7은 기적의 숫자
그러나 주사위는 7이 나올 수 없다

행운을 바라는 이들은 안타깝게도
주사위를 계속해서 굴려대는데
그 허무한 행위의 반복은
1부터 6까지, 행운에 다다를 수 없는 결과만을 양산한다

도달하지 못한 행위들은 쌓이고
하나 둘 주사위는 버려져
주사위를 잃어버린 이들로 넘친다

그러나 여전히 행운은 테이블 위에
주사위와 그것을 들여다보는 이들에게만 존재한다

이름은 좌측 하단에 적어주세요

이곳의 시간은 흐르지 않아
들어오는 순간 생각이 멈춘다

한 사람

모든 시선은 그에게 집중되고
각자는 각자의 기억에 몸을 녹인다

계절에 상관없이 추워 이곳은
반찬을 나르던 이가 몸을 떤다

사진은 언제나 현재보다 어려
웃음도 현실적이지 않고

하지만 역시 해피엔딩이 좋지
웃는 얼굴에 침을 뱉을 수는 없으니까
마지막에 침을 맞는 건 아무래도 속상한 일이니까

복이 많은 사람이네요
이렇게 사람이 많으니

이름들은 계속 몰려오고
서로 순서를 다투고

위치가 바뀌면 또 누군가 등장

아냐 이건 그가 원하는 게 아닐 거야
아냐 이게 그가 원하는 그걸 거야

모든 판단은 남은 자의 몫

이름은 좌측 하단에 적어주세요

고개를 돌린 사이
이름 없는 봉투 하나가 툭
하고 떨어지고

서울 우유

우유 우유 우유
껍데기만 남겨진
우유 우유 우유
텅 빈 채로 버려진

아야 아야 아야
소화되지 못하는
아야 아야 아야
서울에서 태어난

우유 우유 우유
아직 영글지도 않았는데
우유 우유 우유
다 쥐어짜 져버린

아야 아야 아야
언젠가는 저렇게
아야 아야 아야
쓸모를 다하고

우유 우유 우유
남은 건 모두 상해서
아야 아야 아야

아야 아야 아야

어느 자퇴생의 고백

당신이 처한 상황에 적합한 답을 고르시오.

1. 책에 길이 있으나 여유 있게 책을 읽을 시간은 없습니다.
2. 우리는 존엄하나 그들은 존엄하지 않을 수 있습니다.
3. 성실해야 합니다. 고민할 시간은 없습니다.
4. 로봇을 개발하는 회사가 이 상황을 좋아합니다.
5. 돈을 가져다주어 고맙습니다. 당신에게 구렁텅이에 빠질 기회를 드립니다.

이 문제의 답을 맞힌 A군은 S고를 졸업하고 H대에 입학한 이 사회의 엘리트다. 이런 인재가 그런 선택을 했다는 소식을 쉽게 받아들이는 사람은 없었다. 그는 학생 때부터 성실하기로 유명했으며, 선생님들은 그의 소식을 듣고 매우 안타까워했다. 눈물을 살짝 훔치고는 옆에 있던 회초리를 들고 교실로 향했다. 부모의 증언에 따르면 A군은 평소 방에 들어가 혼자만의 시간을 갖는 습관이 있었다고 했다. 몇 시간 동안 아무 소리도 들리지 않을 때는 불안한 마음이 들기도 했지만, 그가 언제나 좋은 결과물을 들고 왔기 때문에 걱정하지 않았다고 했다. A군과 3년간 교제해온 B양은 그를 조금은 이해할 수 있을 것 같다고 했다. 그러나 같은 H대생으로서 그를 온전히 이해할 수는 없다고 했다. 그렇게 포기하는 건 해결책이 될 수 없다며 안타까워했다. 평소 A군에게 애정이 있던 C교수는 그가 종종 수업 시간에 창밖을 하염없이 응시하곤 했지만 그런 일이 벌어질 줄은 정말 몰랐다고 했다. 조금은 씁쓸한 표정을 지으며 자신이 너무 시험을 어렵게 내서 그런 것일지도 모른다고 했다. A군의 오랜 친구인 D군은 A군을 이해한다고 했다. 스물여섯에 부모의 용돈을 받아가며 공부를 하는 이 상황을 자신도 쉽게 견디기 어렵다고 했다. 겸연쩍은 표정을 지으며 이제는 알바를 하는 것도 눈치가 보인다는 말을 덧붙였다. A군을 둘러싼 이들은 분노를 참지 못하고 문제를 낸 사람을 찾아야 한다고 주장했다. 저런 거지 같은 문제가 A군에게 그런 선택을 하게 만들었다고 입을 모았다. 그들이 강하게 주장하면 할수록 문제에 대한 사람들의 관심은 커져갔다. 전문가들은 이 문제에 큰 오류가 있다고, 이 문제의 확산을 막아야만 한다고 했다. 학계는 이 문제를 인정할 수 없다는 공동성명문을 냈다. 교수들은 이 문제를 언급하는 학생에게 F를 주겠다고 윽박질렀다. 몇몇 기업은 이 문제를 틀린 이들에게 취업 가산점을 주겠다고 했다. 그러나 문제는 SNS를 통해 더욱 빠르게 퍼져나갔고, A군과 같은 선택을 하는 이들도 늘어났다. 스스로를 어른이라고 생각하는 이들은 이 사태에 대해 애도를 표하고, 이를 막지 못한 정부를 욕하기 시작했다. 그러나 이미 걷잡을 수 없는 불길이 번지기 시작했다는 이야기를 듣고 싶어 이런 문제를 냈다고 A군은 내게 말한 적이 있다.

제5세계

평평한 지붕은 지붕이 아니라 벽이다
하늘을 가로막은 벽
틈이 없는 공간은 좀처럼 식지 않는다
제어되지 않는 감정들로 가득 찬

골목길

분리되지 않은 쓰레기들과
쓰레기더미를 배회하는 똥파리들
질서의 부재가 하나의 안정이 되기도 한다고
생각하는 이가 있다면
그를 벽 아래 묶어두고 부채질을 시키리라
부채질은 땀과 눈물이 전혀 구분되지 않을 때까지

가벽은 벽이 아니라 가벽일 뿐입니다
벽은 지붕이 될 수 없습니다

집을 짓는 이들은 계속 집을 지어내고
골목은 허상들로 가득하다

막혀버린 변기를 뚫기 위해서는
관을 드러내야 한다고 했다

그럴 바에는 관으로 들어가는 게
나을 수도 있겠다고 똥파리들은 생각한다

부채질이 멈추고
변기물이 역류한다

창이 열리지 않는다

유전병

죽음을 상상하는 일의 반복은 집안의 내력
이라는 문장을 가족의 일기장에서 본 적이 있다

넘을 수 없는 벽이 존재한다면
그 벽을 오를 인간은 많을 것이다

넘을 수 없다는 것을 증명하기 위해서
라도 산을 오른다는 어느 산악인의 말을 기억한다

한계를 깨닫는 순간에야 우리는
제대로 된 계획을 세울 수 있는 걸까

그러나 죽음은 두 번의 기회를 허용하지 않고

오전 다섯 시의 일기

오전 다섯 시 이십삼 분
잠에서 깨버렸다
늦잠을 결심한 날이었는데
뜻대로 되는 일은 뜻만큼 많지 않다

그러나 이 새벽에
생이 다시 시작되었다는 사실은
벅찬 일이다 뜻과 상관없이

이 순간을 기록으로 남기자고
이불을 박차고 앉았다
안타깝게도 책상이 파도에 밀려서
오전 다섯 시 이십삼 분은 이미 지나가고 없었다

그래서
오전 다섯 시에 쓰는 일기
라고 적었다 그래도
한 시간 단위는 오래간 지켜낼 수 있으니까
비교적

지속되거나 지속하는 일은 모두 어렵다
시험은 성실하거나 열심하면 되는 일이었지만
생은 상실하거나 상심하는 일의 반복이니까

흑심이 상실되는 동안
여섯 시가 되어버렸다

눈을 감고 뜨면
몇 시가 되어있을까

아무래도 다시 잠을 자야겠다

눈을 감지 않아도
몇 시는 될 테니

오르막의 시시포스

나는 아무것도 아니었으며, 아무도 아니었다. 허무를 전하게 되어 정말로 착잡한 심정이나 사과를 할 수는 없다. 공허 속에서 존재는 무의미하다. 그러므로 사과는 존재하지도 않는다. 잘 알지 못한다는 것은 어쩌면 공허보다 더 공허한 일이다. 절망의 아래에 있는 일이다. 그런데 잘 안다는 것은 현실 밖의 일이다. 안다는 것 또한 마찬가지. 그렇다면 나는 너와 왜 손을 잡는가. 잘 알지 못하기 때문이다. 안다고 생각하는 순간 그것은 완전한 오만이며, 절망의 시작이다. 잘 알지 못해서, 잘 알아서, 다시 잘 알지 못해서, 다시 잘 알아서, 그럼에도 잘 알지 못해서, 그럼에도 잘 알아서. 나는 다시 이별을 고한다. 사랑이라 믿었던 것과 작별한다. 내 앞에 나를 세워두고 나는 잘 알지 못하는 것에 대해 다시 헤아려보기 시작한다. 사랑은 오직 머릿속에서만 완성되어질 수 있다.

바다를 건너며

지키지 못한 약속들을 바닷속에 적는다
해변에서도 기록은 사라지지만
처음부터 기록되지 않는 기록 또한 필요 위에 있다
바닷속엔 생겨나자마자 사라진 것들로 가득하다
모래와 그 사이의 틈
물과 그 사이의 틈만큼

그 사이에 잃어버린 마음들은 얼마나 될까
약속들은 약속을 원망하지 않을 것이나
마음들은 마음을 속상해할 것이다
그것은 의지와 상관없는 일이다

이제 바다를 들여다보는 일은
곧 가라앉는 일이 되었다
벗어날 수 없는 개념이 되었다
하지만 이것이 의지의 문제라는 게
우리를 더 가라앉게 한다

그러나 등대의 빛은
언제나 노랗게 빛나서
결실의 기회를 놓지 않은 약속들이
숨을 쉬기 시작할 것이다
믿음은 그만큼 강한 것이니까

흔들리는 수면 위에
약속들이 넘실댄다

경계를 넘나드는 마음들이
아직 항구에서 먼 곳을 본다

4부

결국

모든

게

0으로

수렴한다

해도

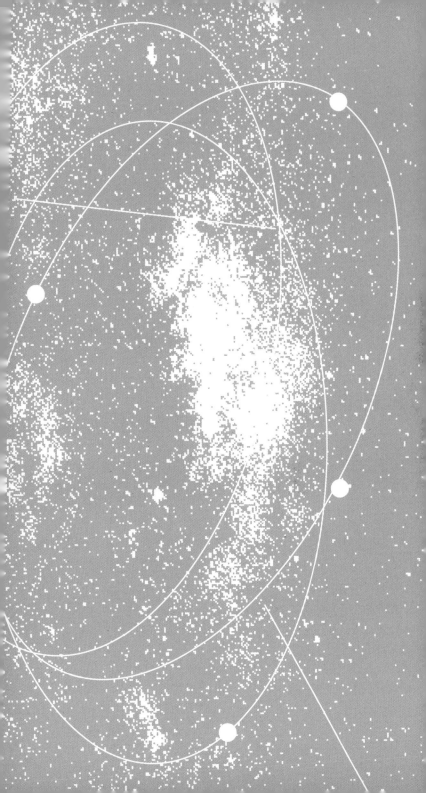

자기소개서

950/1000

　나의 세상은 여전히 보잘것없이 좁습니다. 작고 누추합니다. 낮고 자주 흔들립니다. 문은 자주 떨어져 나가며 창문은 하나뿐입니다. 바닥은 뜨겁고 또 차갑기를 반복합니다. 적절함을 찾는 일이 아직도 무척이나 어렵습니다. 필요할 때에 물이나 눈물 같은 것도 잘 나오지 않습니다. 슬픔이나 기쁨을 마음껏 누리는 일은 조금 사치처럼 느낍니다. 감정에 충실하되 그것을 드러낼 용기가 부족합니다. 전등은 눈이 부시다가도 확 꺼지곤 합니다. 어느 정도 이상의 밝음을 이 집은 받아들이지 못합니다. 하여 대체로 어두운 조도를 유지합니다. 푹신한 것들을 경계합니다. 게으른 본성을 이겨내기 위함입니다. 매일 하는 고단한 분투입니다. 그래도 오후의 햇살은 잘 듭니다. 그것을 바라보는 일이 하루의 전부일 때가 빈번합니다. 복잡한 밖의 사정이 못내 견디기 힘들 때면 그런 순간이 무엇보다 소중함을 느낍니다. 스스로의 존재와 이 존재를 뉘일 공간을 애정합니다. 여섯 개의 벽으로 분리되는 것에 큰 안정감을 느낍니다. 맨발로 바닥을 디디기 위해 열심히 쓸고 닦습니다. 그것은 먼지를 쓸어내는 일이자 시간을 느끼는 일입니다. 선명해지는 일입니다. 커튼을 치고 걷는 일은 하루를 구분하는 기준이 됩니다. 바깥과 안을 명확히 인식하는 것은 균형감을 줍니다. 시간을 잘 분배해야 할 일입니다. 나와 내가 아닌 것을 가려내는 일입니다. 자주 목욕합니다. 하여 자주 건조해집니다. 그러지 않기 위해 노력하지만 무언가 이유 없이 쌓이는 느낌을 잘 견디지 못합니다. 하지만 그렇지 않으면 삶은 아주 쉽게 감당하지 못하는 방향으로 나아가게 된다고 믿습니다. 그래서 더 애쓰곤 합니다. 중심을 잡는 일은 생각보다 쉽고 생각보다 어렵습니다. 매일 해야만 하는 일입니다. 일기로 마무리 짓는 하루는 불행히도 자정을 넘겨 잘 마무리되지 못하기를 반복합니다. 어제가 되어버린 오늘과 내일로 계획되지 못한 오늘이 더 이상 늘어나지 않기를 기도합니다.

5월 23일

눈물 흘려라

그가 남긴 유산은 눈물

감정의 끝은 종류와 상관없이 맞닿아 있다
강물은 결국 바다로 흐른다는 전제에만 동의한다면

동의의 문제가 아닌 일에도 동의를 구하는 것은
그를 구하기 위한 마지막 시도

산은 높을수록 오르기 힘드나
오르고 나면 가장 높이 있게 된다

세상은 주로 쉬운 것들에 지배되어 왔으나
삶은 언제나 삶보다 길어
기억의 기준은 기록된 것보다 명료하다
강물은 결국 바다로 흘러가기에

눈물 흘려라

눈물만이 씨앗이 되어 나무를 자라게 할 것이다

슬퍼하지 마라

울창한 숲에서 우리는 언제고 다시 만날 것이다

상자 속의 영원

어떤 장면은 거스를 수 없다

삶은 모든 순간에 선택지를 제공할 만큼 너그럽지 않으니까

어떤 욕망이 투영된 결과였다는 것은
나중에야 알 수 있는 일
무언가를 온전히 인식하는 일은
스스로를 이해하는 것만큼이나 어렵다

그와의 만남은 그런 장면에서 시작되었다
그러니까 그것은 만남이라기보다 어떤 장면 속에
그와 내가 놓여있었던 것
서로를 바라볼 수밖에 없도록 설정되어 있었던 것
만남의 순간에 느껴진 서로의 온기는
극단의 마음
간절하지 않으면 도달할 수 없는

그에게는 집이 필요했다
나약한 존재였으므로
아니 그가 살기에 세상이 나약했으므로

그를 감쌀 여섯 개의 면이 필요했다
아니 적어도 다섯 개의 면은 있어야 했다

그러나 안타깝게도 어린 나에게
여섯 개의 면은 존재하지 않았다
그와 영원할 거라는 그 마음
그 강렬한 하나의 면만이 존재했다

우리는 매일같이 영원을 약속했고
영원의 마음으로 노래를 불렀다

하지만 필요한 것은 여섯 개의 면
그를 세상으로부터 감싸줄 여섯 개의 면

깊은 밤 그는 영원의 마음을 뒤로하고 사라졌다
박스를 만들기 위해서는 여섯 개의 면이 필요해
그러나 여섯 개의 면을 다 가진다 해도
박스를 완성한다 해도 그 안에 영원히 살 수 있는 것은
없어

여섯 면을 가진 이들이
박스를 품에 안고 노래를 부른다

나 역시 세상에 머무르는 것*
영원할 수 없다는 것을
설명할 말을 알 순 없었지만

어린 나에게 죽음을 가르쳐 주었네

굿바이

*신해철 〈날아라 병아리〉

클립

연결된다는 건 어쩌면 구부러지는 일이다
우리의 인사가 악수로 시작되는 것처럼

적절하게 변모하는 일
때로는 처음이 되어보는 일

두려워하지 않는 순간
우리는 연결될 수 있다

연결된 우리는 서로를 휘감아
무엇이든 될 수 있다

수중 댄스

흘러들어오는 건 대체로 정지된 것들
더 이상 흘러가지 않는 것들
에너지를 소모하며 돌아가는 터빈은
그것들을 계속해서 위로 위로 올린다
피가 돌아야만 사람이 살아갈 수 있는 것이라 해도
그것이 최우선이 될 수 있는가

큰 조각의 음표가 틈 사이에 걸리면
튕겨 나온 전기 신호가 귀를 때린다
뒤늦게 깨달아버린 세상의 경계
우리는 과거로부터 자유로울 수 없다
하지만 그렇다고 나아갈 수 없는가

현실에서도 음악은 계속되고
음표가 없어도 우리는 노래를 부를 수 있다
잊지 말아야 할 것은
모든 것이 우리의 노래를 기록하기 위함이라고

온 세계에 균열이 일어난다 해도
우리는 그 틈을 붙잡고
춤을 출 것이라고

북향으로 난 창

창을 여는 일만으로 당신이 떠오르면
붙잡고 싶어지는 것들이 늘어난다

먼지 쌓인 창에 바람은 쉬이 불지 않고
새벽의 빛도 수그러들지 않는다
기억이란 원래 마음에서 비롯되어
마음처럼 되는 일이 없다

가로등 빛이 희미해지는 시간은
별빛도 함께 흩어져서
밤은 애매한 밝기로 잠 못 드는 자들을 간질인다

그 가려움을 느끼는 나는
불행히도 떠나보내지 못한다는 이유만으로
온 기억을 긁어대야만 한다

지나가는 것들을 뒤로하는 일은 결코 당연하지 않아서
쉽게 지나쳐버린 것들로 밤은 채워지고
모든 것이 애매해지는 시간이 오면
당신은 어김없이 어리석은 나를 꾸짖는다

우리는 우리의 것을 바라봐야 해

움켜쥔 것이 많으면 흘리는 것도 많아져서
얻지도 잃지도 못하고 걸음만 빨라진다

창에 먼지가 쌓이지 않기 위해서는
방향을 틀어야 하고

빛은 희미해지는 시간을 견디는 자에게만 주어져
숲은 계속해서 어려운 길을 제시한다

새벽이 찾아오기 전
그 어스름에 지나가는 것들은
나와 당신을 구분 짓는다

길은 드러나고
다시 우리는 만나
어지러운 숲을 나란히 걷는다

반짝거리는 것들이 애매한 시간 위로 타오르기 시작한다

여름의 연인들

여름 새벽의 녹음이 창문을 연다
잎에 굽어 자란 나무가 바람을 흔든다
거리에는 밤도 식혀내지 못한 열기들이
파란 습기로 남아있다

습기 위로 헐벗은 둘
둘 사이에는 여름의 그것들처럼 틈이 없다
사랑은 좀처럼 무서운 것이고
그래서 여름에 적합하다

땅에 널브러진 매미는
여름내 땅속에 있고 싶었을지 모른다
괜시리 밖으로 나와 죽어버렸다

여름의 연인들은 더위를 안다
온통 뒤섞인 것들 속에서는
각자의 것을 찾는 것보다
서로의 것을 찾아주는 게 더 쉽기 때문이다

가득 채워진 날씨에는
풍성하다 못해 넘친 과즙들이
밤에서 새벽으로 흐른다

그는 그것을 알고
그 또한 그것을 안다
그들은 손을 잡고

여름의 새벽을 걷는다

수조와 욕조

서랍에서 비닐봉지 한 장을 꺼내
입김을 불어넣었다
개수대로 갈지 세면대로 갈지 고민하다
개수대에서 물을 받았다
비닐봉지에 물을 채우고
공기를 어느 정도 남긴 뒤 위를 묶었다
해가 잘 드는 창가에서 비닐봉지를 들여다본다

푸른빛의 물고기가 한 마리
붉은빛의 물고기가 한 마리
초록빛의 물고기가 한 마리
은빛의 물고기가 한 마리

작은 비닐봉지 안을 부지런히 헤엄친다
헤엄치기를 멈추지 않는다
계속해서 각자의 길을 만든다
좁아서 부딪힐 법도 한데
서로를 잘 피해 헤엄친다

혹시 잠시만요 라든가
비켜 라거나
실례하겠습니다 같은
대화를 나누는 걸까

색색의 길을 한참 들여다보다
비닐봉지를 통과한 빛이 따뜻해
잠시 자고 일어나서 먹이를 사 와야겠다 생각한다

꿈속에 우리는 끝없이 걸었다
산을 넘고 강을 건너
차를 타고 배를 타고
세상의 끝을 향해 갔다
수많은 이들이
끝
이라고 불리는 곳 앞에 있다
우리도 손을 잡고 용기를 내 다가갔다
미끌한 촉감
밖은 눈이 부셨다
따뜻한 빛이 들어왔고
우리는 잠이 들었다

눈을 뜨니
밖은 캄캄했다
손에는 사지 않은 물고기밥이 있었다
물이 든 비닐봉지는 없고
약간의 물기가 눈가에 남았다

서랍에서 새로운 비닐봉지를 꺼내려 했지만
마침 비닐이 떨어졌다

이번에는 세면대로 간다
세면대가 이렇게 작았던가
욕조에 물을 받아
몸을 담근다

따뜻한 빛이 욕조를 비춘다

블랙홀의 기원

이 치약을 버려도 될까요
몇 번이고 끝까지 다 짜냈습니다

하지만 아직 자르지도 않았잖아요
다 쓴다는 것은 있을 수 없는 일입니다

그러면 양치질을 제대로 할 수 없는 걸요
더 좋은 치약을 사야만 할지도 모릅니다

그럼 저에게 물어보지 마셨어야죠
버리는 것은 그런 일입니다
인간은 무엇도 버릴 수 없어요
버려질 순 있어도

버릴 수 없는데
어떻게 버려지나요

버릴 수 없어서
버려지는 겁니다

다 쓰지 못한 치약들은
튜브 속에 갇혀
과거의 빛을 삼키고

하얗던 색은 바래
검게 변한다

치약을 버리지 못한 이와
버리지 못하게 한 이는 모두
먹으로 이를 칠한다

이는 온통 검어져
모든 걸 빨아들인다

소멸의 끝에서 다시
모든 것이 탄생한다

팔레트 위의 파도

부딪히는 것과 부딪치는 것은 명백히 달라서
명확한 지점에 도달하기 위해서는 먼저 흐려져야 한다

부서질 때 빛은 번지고
섞여 뭉개질 때 색은 발한다

그러나 흘러가게 되더라도
방향은 잊지 말 것

바라는 색이 있다면
눈이 멀도록 바라볼 것

가능한 온몸으로 부서질 것

안타깝게도
물감은 금방 말라버리니

조산과 등산

대지와 대지가 만난 경계
그 뒤틀림을 오르는 일
서로 손을 맞대고 미는 것이 만든 높이

우리의 합의점은 무엇인가요
그것에 당신과 내가 모두 존재하나요

올라가는 일이 결국
내려가기 위함이라면 오를 이유는 어디에 있나요

하지만 내려갈 수 있기 위해서는
올라가야 합니다

합의점은 존재하지 않을 것입니다
합의의 과정이 있을 뿐입니다

손이 하나의 가지가 될 수는 없습니다
맞잡는 일이 있을 뿐입니다

그러나 뒤틀림 끝에
우리는 연결될 것입니다

시간이 증명하는 유일한 일입니다

높이는 언제나 깍지를 끼는 것에서 시작됩니다
깊이는 그다음 문제입니다

나는 당신께 손을 내밉니다
당신은 이제 두려워 말고 이 손을 잡기만 하면 되는 것입니다

높이는 끝이 나겠지만
우리로 하여금
하나의 산이 만들어질 것입니다

누군가는 그 산을 올라
손을 맞잡게 될 것입니다

캠프-플로우

땅. 발자국. 자국이 모여 자리가 된다. 터가 된다. 터는 의지를 나타내는 말이기도 하다. 의지가 모인 곳에는 이야기가 만들어진다. 이야기를 쌓기 위해 세워지는 기둥. 은밀함은 깊어지는 것과 깊은 연관성이 있다. 해를 가릴 필요성이 생겨난다. 두터운 천으로 기둥과 기둥 사이를 엮는다. 비로소 공간이 발생한다. 열린 공간이라는 것은 존재할 수 없다. 인간은 한정적 생물이며 선으로써 대상을 구분할 수 있다. 공간에서는 새로운 공기가 탄생한다. 존재와 존재 간의 호흡이 섞이면서 만들어지는 새로운 공기. 다소 불쾌하나, 가장 쾌적한 균형점이 그 공기 속에 형성된다. 교류의 잔재물들이 쌓인다. 그것이 잔해가 되지 않기 위해 노력해야 하는 것을 존재들은 본능적으로 알고 있다. 다행히도 공기는 고정되지 않는 종류의 것이라 공간은 계속 새로운 공기를 맞는다. 그 흐름 속에서 존재들 또한 변화한다. 공간에 적합한 존재가 그 공간을 찾아오고, 살아남은 이는 공간을 변화시킨다. 공간과 공기와 존재의 변화 속에서 살아남은 것들은 쌓여 역사가 된다. 다수의 존재는 공간 속의 공기가 살아남기에 더 나은 조건으로 발전한다고 믿지만, 그것이 발전하는 방향으로 변화했다는 증거는 그 어디에서도 찾아볼 수 없다. 적어도 아직까지는. 그러나 그 누구도 그 믿음을 포기할 수 없다. 그 또한 본능일지 모른다. 공간은 변화하며, 공기는 흘러가고, 존재는 달라진다. 달라진 존재는 공기를 흘려보내며 그로써 공간은 새로운 장면들을 생성해낸다. 흐른다. 흘러간다. 흘러갈 것이다.

흐른다

흘러간다

흘러갈 것이다.

박지용

사람 위에 있는 모든 제도를 반대합니다.
시집 「천장에 야광별을 하나씩 붙였다」
문장집 「점을 찍지 않아도 맺어지는 말들」

그냥 언제까지 기쁘자 우리

2022년 4월 20일 1판 1쇄 발행

지은이   박지용
발행인   이상영
편집장   서상민
편집인   이상영
디자인   서상민
마케팅   박진솔
펴낸곳   디자인이음
등록일   2009년 2월 4일:제300-2009-10호
주소   서울시 종로구 효자동 62
전화   02-723-2556
메일   designeum@naver.com
            blog.naver.com/designeum
            instagram.com/design_eum
ISBN   979-11-92066-09-7 03810
가격   13,000원

내 시의 근원,
당신에게

별빛주의구간

신호등이 켜지면 우리는 함께임을 인식한다
그러나 어떨 때는 규칙을 어기는 편이 서로를 위한 일이라
고

주장해보지만 모범 운전사는 그 일에도 진중한 동의를 구하
고
그 엄격함은 나의 글을 더 모범적이게 한다

모범은 재미없음으로 여겨지기 십상이라
조수석에 탄 나의 생각들은
방어운전을 위한 학습을 반복해
틀은 더 견고해진다

주황색 불이 켜지면
어김없이 차는 멈춰 서고

방향을 안내하는 이는
도로의 상태에 대해 이야기한다

"00주의구간입니다 조심하세요"

별빛주의구간인 것 같다고
운전사는 말한다

운전사의 말에
나도 별빛주의구간에 들어선다

차에는 별빛이 들어차고
우리는 우리의 길로 나아간다

길이 얼어붙어도
별빛을 머금은 차는 결코 미끄러지지 않는다

걱정할 것이 있다면
쏟아지는 별빛에 눈이 부실지도 모를 일뿐

눈을 감은 이들은
재미를 다시 정의해야만 할 것이다

오늘도 눈부신
당신과 내가 만든 별자취